KB174398

마음 풀밭 꽃밭 삶

마음 풀밭 꽃밭 삶

1판 1쇄 인쇄_2021년 03월 10일
1판 1쇄 발행_2021년 03월 20일

지은이_이채현
펴낸이_홍정표
펴낸곳_작가와비평
등록_제2010-000013호

공급처_(주)글로벌콘텐츠출판그룹
대표_홍정표
이사_김미미 편집_문유진 하선연 권군오 홍명지
기획·마케팅_이종훈 홍민지
주소_서울특별시 강동구 풍성로 87-6
전화_02-488-3280 팩스_02-488-3281
홈페이지_http://www.gcbook.co.kr

값 12,000원
ISBN 979-11-5592-269-9 03810

작가와비평
시 선

마음 풀밭 꽃밭 삶

이채현 시집

작가와비평

시인의 말

당신 앞에 설 때는,

맑고 단아하고 밝고 깨끗한 사슴 섶, 숲에 뿌려진 점점(點點) 야생화 꽃잎 담아, 움켜쥐고 달려온 손 활짝 펴 단풍으로 나리고, 아스라이 파르스레 별 닮은 눈한 입(粒)이고 싶습니다.

사랑 많이 하였느냐 물으시면,

하려 노력한다고 하였는데 참 잘 안 되는 거더라고요 할지도.

– '가난한 인간' 중에서 –

차례

2부
자주 나무에 앉는 사계(四季)가 됩니다

3부

마음 풀밭 꽃밭 삶

숲

봄

푸릇푸릇 울긋불긋 지구를 뚫고 태어나는 생명, 경탄의 선율보다 애도(哀悼)의 침묵이 만연합니다.

낭만적 수사(修辭)로 가득할 수 없는 뜰 안, 봄

치열하게 애증(愛憎)하고 치열하게 번뇌하고 치열하게 따사로운 뒤 싹 텄을까요, 봄

우리에게 오는 봄은 그저 그냥 봄이 아니겠지요. 죽음의 한가운데를 정말 힘 다해 죽어야 오는 봄임을 깨칩니다.

기도

나무와 다를까 샘과 다를까 강과 다를까, 나

아낌없이 메마르지 않고 아래로, 사랑

당신의 아들은.

그 심(心) 행(行)의 여정(旅程) 그리다 뜨거운 여름 책상 위에 엎드리고 말았습니다.

작금(昨今)에

잡풀 무성하듯, 나도 몰래 빠듯함 자라 가고 시들어 가는 반듯함은

당신 내어주시듯 저 내어줌에 좀 지쳐서인가 봅니다.

박명(薄明) 푸른 하늘에 하얀 초승달

"엄마, 나는… 동물이 좋고 식물이 좋은데… 사람이… 싫어."

그리고 울어버렸다.

혼자 갈 거야. 자갈밭이어도 가시밭이어도 모래밭이어도 갯벌이어도 혼자 갈 수 있어.

가지 마라. 뿌리치며 나서는데, 이건 아니지 이러면 안 돼. 붙잡는, 슬픈 나 번민의 나 숙고(熟考)의 나.

'사람이 사랑 없이도 살 수 있어요?'

"인간이 인간에게 꽃이 될 수도 있다는 것을 보여주는, 사람들로 살게 하십니다."

사람은 사랑 없이는 살 수 없을 겁니다. 그 사랑, 그리스도의 향기.

말갛고 투명한 강물이 마음 저 겨울 계곡에서 봄으로 흘러내리는 듯합니다.

겨울나무

뭔가

건드리십니다.

사뭇

깊으시기에, 검으시기에,

뒤척입니다.

갈수록 모르겠습니다.
살수록 모르겠습니다.

마주하면 수틀 아래 장단(長短) 실밥입니다.

꾸준함

눈 살피어 귀 기울이어

햇살이시기에, 가까이시기에, 푸르시기에, 너르시기에,

움틉니다.

베들레헴 올리브나무 묵주(默珠)가 생(生)에서 절로 몰래 수(繡)놓는 듯합니다.

아름다운 지구인

지구에서 흘러내리는 눈물은 멈추지 않습니다.

온 생(生) 밭고랑 갈다가 감지(感知)하여 오르지 않으려 발버둥치며 트럭에 실려 팔려 가는, 소 눈망울에 고인 그렁그렁한 눈물방울처럼

숲속 은밀하고 컴컴한 길목 군데군데 맛있는 생존 뒤섞어 놓는 자(者), 배고픔 욕망에 덥석 무는 자(者), 덫

수타

아픈 자(者)들을 보고 아파하지 않는다. 아프다고 소리 지르는 자(者)들을 보고 입을 풀 한 포기 감추듯 야들야들한 손으로 뒤틀어 막는다.

속으로 우는 나목(裸木)의 울음이 들리지 않습니까.

고통 속 애(愛), 아름다운 지구인들은 그 누구든 그 어
떤 생(生)이든 합니다.

　슬피 우는 세상의 겨울

비가(悲歌)

몸이 아파 마음이 아프나 마음이 아파 몸이 아프나
마음이 아파 세상이 아프나 세상이 아파 마음이 아프나
밤이 아파 봄이 아프나 봄이 아파 밤이 아프나
우리가 아파 그분이 아프나 그분이 아파 우리가 아프나
있음이 아파 순간이 아프나 순간이 아파 있음이 아프나
순간이 아파 영원이 아프나 영원이 아파 순간이 아프나

떡잎이 아파 숲이 아프나 숲이 아파 떡잎이 아프나
당신들 아파 내가 아프나 내가 아파 당신들 아프나

넘어야 할 태산(泰山)이 앞에 있다.

혹한(酷寒)에도 얼붙지 않은 햇살 창 너머 들어와
추스르라 합니다.

풋침묵

●●●

황야(荒野)에 두십니다.

보는 것

보이는 것

보려는 것

안 보려는 것

안 보이는 것

안 보는 것

모진 나 되어감에도 당신은 계신지요?

못 보는 것

골고타 언덕 길 십자가에 닿아나 볼까.

베들레헴 마구간 구유에 누워나 볼까.

숲

●●●

투덜거림으로 가득했습니다. 제 눈 속에는 제가 원하는 것으로 꽉 차 있었기에 당신이 주신 은총은 볼 수 없었던 듯합니다.

온갖 불평불만 쏟아낸 자리에 자그마한 연둣빛 새순 돋아주시어 또다시 생명의 봄에 서게 하시니

그것은 십자가(十字架)

몇십 년, 겨우 지고, 이제야 당신을 헤아려 보려 합니다.

당신을 스친 수많은 사람들, 다 짊어지신 사랑

당신은 봄비 내리고 저는 꽃비 받아 안고 십자나무 뚝뚝 떨어뜨리는 난제(難題) 속 뛰어다녀 보아요.

말씀으로 산다는 그 말씀 따르렵니다.

깨어 있음과 열어 둠

눈에 안아 사슴같이 뛰어다니겠습니다. 나무 사이사이 어둠 빛 푸름 생명 바스락거리는 뒤스름에.

가난한 인간

당신 앞에 설 때는,

맑고 단아하고 밝고 깨끗한 사슴 섶, 숲에 뿌려진 점점(點點) 야생화 꽃잎 담아, 움켜쥐고 달려온 손 활짝 펴 단풍으로 나리고, 아스라이 파르스레 별 닮은 눈한 입(粒)*이고 싶습니다.

사랑 많이 하였느냐 물으시면,

하려 노력한다고 하였는데 참 잘 안 되는 거더라고요 할지도.

당신이심으로

당신 하심으로

* 입(粒): 쌀알처럼 생긴 것.

갈증

갈망

또 시작해야겠지요.

매(每) 늦었을지도 그러나 하늘나라 가기 전이니 다행이라 생각합니다.

사랑 짓기

분홍 맨발로 비둘기 두엇 자박입니다.

아이의 탐색으로 겹겹의 일상을 쪼는 부리

식별(識別)의 등(燈)이 반딧불 날 듯 보려고 하지 않은 사람들에 빛 촘촘히 수놓아, 보지 못하고 있었을 맥락 낟알 볼 수 있고 싶습니다.

순간에 피우는 꽃

하루, 작은 원(圓)의 반복을 반복합니다.

눈 뜨면 참 버겁습니다.
또 시작, 이슬방울 빗방울 새벽 초록 원(圓)
또 노동, 땀방울 구슬방울 한낮 빨간 원(圓)
또 회향, 안개방울 비눗방울 저녁 파란 원(圓)
밤 되면 천장에는 지친 달빛

방울방울에 피우는 기도(祈禱)로 소화(小花)되고자 합니다.

겨울별

●●●

지구를 떠나고 남는 건 뭘까.

아이 이후

지금까지, 마음은 늘 오그린 선잠을 잔 듯하다.

의미(意味)를 캐라시는데

두루뭉술한 반죽덩어리를 떼 빚으라나. 많이도 쌓여 있네, 꽃잎 헤집으며 나는 강단(剛斷)*을 줍는가 보네.

설야(雪野)설야(雪夜) 사각사각 저기 저 가시는 이

따라

---

* 강단(剛斷): 굳세고 꿋꿋하게 어려움을 견디는 힘.

결곡하도록 다스리고, 지속하도록 휘어지지 않고,
내사(內射, introjection)* 않도록 지새우고.

* 내사(內射, introjection): 타인의 관점이나 주장 또는 가치관을 깊이 생각하지 않고 자신의 것으로 받아들이는 것.

조화로움

알록달록 색동, 아리따운 발랄, 아기자기 다정. 포개어 선물꾸러미마냥 그리었지 싶습니다. 빼뚝빼뚝 토라지고, 뚜덜뚜덜 화내고, 빼죽빼죽 선(線) 긋고. 속은 꼬불꼬불 엉키었지 싶습니다.

열매 한 톨. 우주의 질서로.
관현악 합주 마냥.

아, 그들의 겸손

사랑과 일에서
사람도, 사건도, 자연도, 사회도, 나라도. 개별(個別) 안 개별(個別) 사이 개별(個別) 너머.
우주의 질서로.

감수(甘受)하기

감내(堪耐)하기

어우러지기

하얀 국화 자랍니다

●●●

망각이 있어 인간이 살 수 있다 말하지요. 기억해야만 인간은 살 수 있다 말합니다.

경계선은

자신 미미(微微)함 바라보는지, 미미(微微)한 타자 포근히 감싸 안는지, 원수를 사랑하려 자신의 빙벽 녹이는지. 여부(與否) 아닐까 생각합니다.

너머에 놓는 오색자수

당신들도 던졌습니다. 나도 그만큼 당신들에게 던져 버렸습니다.

모두 아픕니다.

"악(惡)을 선(善)으로 갚아야 합니까?"

"악(惡)을 선(善)으로 갚을 수 있을까요?"

눈에는 눈, 이에는 이.

눈에는 아가 바둑알 같이 깊은 눈, 이에는 소녀 함박 웃음 같이 하얀 이.

눈빛, 그분의 사랑. 골골샅샅 다다르시는.

지상(地上) 선(善), 악(惡)은 사람 생각.

하여

판단중지.

흰별

나는 길치입니다. 눈에 보이는 길도 잘 찾아가지 못합니다. 하물며 눈에 보이지 않는 당신들의 심로(心路)를 어떻게 찾아갈 수 있겠습니까. 어두침침한 골방 한 구석에 엎드려, 두꺼운 전집 같은 당신들을 읽고 또 읽어도, 난해하고 복잡하고 까다로워 슬퍼졌습니다.

가도 가도 천리(千里)

왜 보이지 않아요. 말에 돌돌 싸인 살, 마음.

내가 당신들에게 아무리 헤집어보여도, 당신들이 내게 아무리 헤집어보여도.

나는 당신들에게 참 닿고 싶습니다.

형형색색 장미꽃다발 안고 가겠습니다. 모두는 제각각 장미꽃대를 지닌 것 같습니다. 자기를 아리게도 하고 곁을 아리게도 하고. 숙운(宿運)인가 봅니다. 그래도 장미꽃은 참 기품 있는 아름다움입니다. 부활의 밤 성

당제대에 꽂힌 송이송이는 로사리오기도(黙珠祈禱)할
겁니다.

아파도 밀어내지 않는 아파도 끌어안는, 음률

감히

밀과 가라지가 함께 싹트는 곳, 잘 보이지 않습니다.

서서히 드러납니다, 푸른 하늘 빛 아래

새포름한 날개 펴 볼그름한 발 자박, 하늘 농사를 짓겠습니다.

회개(悔改),

한 걸음

가감승제(加減乘除) 셈법의 기도에서, 그분을 느낄 수 없던 무감(無感)에서

깊은 슬픔에 젖어

천진난만하기 그지없는 길 잃어버린 양, 언뜻 풀밭 그 너름 하늘의 무한(無限)을 보게 되었습니다.

두 걸음

세상 분주다사한 일에의 몰두보다 더 좋은 몫이 주님의 발치에 앉아 그분의 말씀을 듣고 있는 것이라 합니다.

그 심상(心象)의 길은

세관장이고 부자였던 자캐오, 그러나 죄인이었던. 예수님이 예리코 거리를 지나가신다하기에 키가 작아 돌무화과나무로 올라가 예수님을 보려고, 애쓰는 그의 시선 속 은밀(隱密)한 내면을 간파한 예수님은 뭇 사람들의 손가락질에도 그를 인격적으로 만남, 그는 기쁨에 차 소유한 재산을 가난한 사람들에게 나누어 주겠다고.

해 뜨듯, 이 지점(至點) 아닐까요.

저도 이 지점(至點)에 닿고 싶습니다.

세 걸음

까만 눈동자 아득함 머금고, 하염없이 바라보고 있음에. 곁에서

따르려 목마름 흔들림
뿌리치려 사무침 먹먹함
헤아리려 십자가(十字架) 부활(復活)
살아내려 일상(日常) 좁은 문(門)

당신 찾듯 지음(知音)*일 듯, 이웃

반석 위에 지어 가는 집은
묵묵한 종종 걸음, 닦을 사이도 없는 땀방울, 옥수수 이빨 드러내는 하얀 웃음, 붉은 눈가 흘러내리는 뜨거운 눈물, 이 얼굴 저 얼굴 떠오름에 곱게 담는 기도, 우러른 하늘에 고개 숙이는 걸음걸음. 틈 곳곳에 배어 있을지니. 견고하기 그지없고 튼튼하기 그지없고 다채롭기 그지없고 뭉근하기 그지없을 것.

---

* 지음(知音): 서로 마음을 알아주는 친구를 비유한 표현.

아가 걸음마 떼듯 수많은 실행으로, 살아, 당신 어렴풋 뵐 수 있겠는지요.

네 걸음

동산에 선악과(善惡果) 슬쩍 몰래 야금야금 청설모였나. 너 어디 있느냐. 저녁 산들바람 속 동산을 거니시며 물으십니다.

가시덤불과 엉겅퀴 돋은 땅 흙먼지 속, 내가 네가 서로 밀며. 모릅니다, 제가 아우를 지키는 사람입니까.

카인아, 네 동생 아벨은 어디 있느냐. 성당너머 흘러내려 귓가에 청청(淸聽)한 김수환 추기경님 애고(哀告).

현실의 질곡(桎梏)을 견뎌내게 하는 것은 튼튼한 뿌리.

대면하는 삶의 비극성의 표피들을 걷어내며 패배하지 않는 한 인간은 인간답게 되지 않을까요. 그런데 이는 사랑을 실현할 때, 절대자 곧 그분의 모상(模像)을 따를 때 아닐까요. 깊은 샘에 닿아야 나무는 메마르지 않고 푸르며 열매 맺을 수 있듯.

원죄(原罪)의 이마에 그어주신 십자성호(十字聖號) 따라 그으며, 끊임없이 사유에 사유를, 의문에 의문을, 비판에 비판을, 반성에 반성을, 회심에 회심을, 용서에 용서를, 포용에 포용을, 수용에 수용을, 창조에 창조를 하려 하겠습니다.

다섯 걸음

산책 중 후미진 곳에서 길고양이 나를 보더니 몇 번 울었다. 가방을 샅샅이 뒤졌지만 줄 먹을거리가 없었다. 그 이후도 이 같은 상황이 여러 번

무심(無心)하기 그지없구나, 행동

그 길고양이는 어떻게 되었을까.

사람이었다면...

선명한 책(策)*을 찾아야 하고 이를 행(行)해야 하는 문제들 이곳저곳에, 작은 이로 당신은 계신다지요. 흐느끼며 기

* 책(策): 일을 해결해 내는 생각, 수단, 계획.

다리시겠지요.

렙톤 두 닢 가진 모든 것을 봉헌한 그녀처럼 저희도.

고해성사 1

●●●

꽃으로도 때리지 마라, 회자되었지요.

예수님과 대척점에 있었던 사람들, 그들은 장맛비처럼 바늘 내리꽂듯, 큰 나무 밑 작은 풀잎들은 떨고 있었습니다.

하여 당신은...

저희들은
그리 아름답다는 푸른 빛 지구에 함께 타고 가며,
서로에게 향하는 삿대질 멈추면 되겠는지요. 서로 떠다밀며 지구에서 내려뜨리려는 몸짓 그만두면 되겠는지요. 굶어 죽어가는 이들 다른 편에서 미식(美食)* 찾아다니는 탐욕 줄이면 되겠는지요. 우리네 너네 가

---

* 미식(美食): 맛있는 음식을 먹음. 또는 그 음식.

르는 보이지 않는 선(線) 지우면 되겠는지요. 역사에 쌓인 수두룩한 과오 사과하면 용서하면 되겠는지요.

당신은,
철부지 아이들 사랑하시는 분

고해성사 2

●●●

밤늦은 그 너른 베드로 광장 푸른 비 주룩주룩 내리고
프란치스코 교황님 한 사람 맞고 있습니다.

어디선가 훌쩍훌쩍 들리지 않는 흐느낌
지게에 차곡차곡 짊어지고 모세처럼

언어의 꽃과 뼈와 살을
곱게 받아 안고

십자고상에 입맞춤하는 교황님 따라
상처투성이 저희 십자가에 입맞춤하려 합니다.

벚꽃 흔적으로 아물어 이 봄 보내고
푸르른 건강한 낯들로 여름 맞고 싶습니다.

섬김

초승달눈

중심에 '존중(尊重)'이란 서늘하고 깊은
말(言)발자국이 떠오르면

그러면 나도 모르게

너른 풀밭 드문드문 징검다리 역(驛)에서

내리곤 합니다.

고해성사 3

●●●

사랑받지 못했음으로 사랑할 줄 모른다는 표현으로, 한 인간의 굴곡진 삶과 그 속에서 왜곡될 수밖에 없었을 마음 내지 사랑이라는 것을 간명하게 규정지음은, 객관적이고 관찰자인 시선의 타당함도 온당치 못함이 있고 나아가 한 인간을 배타의 저 먼 곳 어디에 두고 있음으로 지양해야 할 태도일 것이다. 그럼에도 언젠가부터 뒤덮고 있는 인간 존재에 대한 절망. 과연 인간이 인간의 내면을 얼마큼 공유할 수 있을까, 가까이 오랜 일상을 함께했음에도 순간순간 맞닥뜨리게 되는 이방(異邦)에서 표류하고 있는 듯 섬. 단단히 무장하여 애쓰고 애쓰며 다가섬 중에도 숨은 서로의 손발톱은 없어지지 않는 숙명으로, 취약한 상황에서 아슬아슬한 긴장으로 할퀴려 들고 끝내 모두 패잔병이 되곤 하는 장(場).

당신은 우리 각각 고유함을 지니면서도 또한 그 누

구와도 함께 공존(共存)하기를 바라신다는 말씀을 되새겨 봅니다. 내어놓아야 함으로 받아들여야 함으로 나를 꺾어야 함에 아픈 슬픈 처절한 인내와 절제가 필요하다고 하십니다. 그 말씀에 미흡한 저의 모습이 보입니다. 방울방울 빗방울에 바위가 다듬어지듯, 모나고 까칠한 저도 사람을 좋아하게 되고 세상과 어우러질 수 있도록 빚어졌으면 좋겠습니다. 당신의 섭리와 인도를 믿겠습니다. 성찰하며 기도하며 다짐하며, 용서를 청하며 더벅더벅 밤길 오게 되었습니다.

고해성사 4

당신 모른다며 허공 바라보았습니다.

당신 침묵 그만하라며 악다구니하였습니다.

당신 십자가에서 이곳으로 오시라 탄원하였습니다.

밤 깊은 탓 하였습니다.

잠듦 서로 깨우고자 하여야겠습니다.

예루살렘의 양 문 곁 벳자타 못*에 딸린 주랑에서 서른여덟 해나 앓은 사람

이제야 들리는 말씀, 건강해지고 싶으냐.

고백하렵니다, '행복하여라, 마음이 깨끗한 사람들! 그들은 그분을 볼 것이다.'

---

* 한국천주교중앙협의회, 『성경』 「신약성경」 (요한 5, 1-18), 2005, 162~163쪽. ('벳자타 못가에서 병자를 고치시다') 일부 수사본들에는 3절 끝과 4절에 '그들은 물을 기다리고 있었다. 이따금 주님의 천사가 그 못에 내려와 물을 출렁거리게 하였는데, 물이 출렁거린 다음 맨 먼저 못에 내려가는 이는 무슨 질병에 걸렸더라도 건강하게 되었기 때문이다.'라는 말이 있다.

거울

새벽 눈 뜨며, 어제와 또 싸우기 시작합니다.

또 그 어제 또 그 어제 또 그 어제 또 그 어제 또 그 어제 또 그 어제 또 그 어제...

죽어가는 나뭇가지, 수북한 오(惡)*. 밑동 잘라내야 하나, 다짐에 묻고 또 묻고.

못박힌 옆 사람의 죽어가며 회개(悔改)에, 오늘 나와 함께 낙원에 있을 것이다 하셨다지요.

여물 되새김질 얼핏 어느 날, 당신 서(恕)**. 고개 들지조차 못하는 새싹 노란 얼굴

---

* 오(惡): 미워하다.
** 서(恕): 용서하다.

마라톤(marathon)

나무들이 키가 참 큽니다. 가지들도 점점 뻗어나가 많고요. 오월의 잎들은 여리면서도 부드러운 연초록의 춤사위입니다.

당신이 놓으신 초록자수(草綠刺繡)

턱을 들고 창밖 그들의 전신상(全身像)을 마냥 봅니다. 파란 하늘이 잎 사이사이 반짝입니다. 푸름을 잔뜩 먹어 푸르러진 듯합니다.

생은 마라톤. 매일 아침 출발선
다시 시작할 수 있다는 어떤 맑음 밝음. 주도권을 당신께 내드려야 함을 의지적으로 수련하며 긴장의 세계에 맞부딪힐 것도 감지하면서

미혹(迷惑)되어 잔가지들 수선거릴 것임으로.

삶의 이유는 사랑임을 가르쳐 주시느라 그래도 여기까지 데리고 오셨겠지요. 당신께도, 태어나 지금까지 걷다 뛰다 포기하고 싶던 숱한 고비에서 함께하여 주신 연(緣)들에 마음으로, 입 밖으로 꺼내기 쑥스러운 고백. '사랑합니다.'

2부

자주 나무에 앉는 사계(四季)가 됩니다

까치발

도살장에 끌려가는 어린 양처럼
털 깎는 사람 앞에 잠자코 서 있는 어미 양처럼*

바리사이와 율법학자에게 하시던 일갈(一喝)은 어디 두시고
"아버지, 제 뜻대로 하지 마시고 아버지의 뜻대로 하십시오."

베일(veil) 뒤 꽉 짜인 체계의 위계(僞計)**
베일(veil) 뒤 꽉 짜인 체계의 위계(爲計)***

저 높은 벽 닿을까 말까 한, 발꿈치 살짝 들었다 내렸다
당신 보려고 힘에 겹지만 아이는 그럴 줄 밖에 모릅니다.

---

* 이사 53, 7.
** 위계(僞計): 남을 속이기 위해 거짓으로 꾸민 계획이나 계책.
*** 위계(爲計): 그리 할 계획임.

두레박

가끔 밤에

하늘을 날고 날아 지구문(地球門) 열고 싶다.

까치발 디디고

그분 잠깐 뵙고

빨리 오고 싶다.

마음 풀밭 꽃밭 삶 1

●●●

마구간에서 태어나셨다지요, 구중궁궐보다 더 신성(神聖)한 곳.

시골 나자렛 가정에서 지내셨다지요, 사랑사람 향기 지닌 참 귀함 푸름 너름 깊음 다채로움에서 맘껏 뛰어다니셨겠지요.

사람이지만 사람만이 아니셔서, 헤아릴 수 없는 촉화(燭火) 무량 흐르듯... 그분이 심으신 온갖 씨앗 자라게 하셨겠지요.

저 먼 이국(異國)의 어느 지점에서 저 먼 과거의 어느 시점에서.

그러셨나요.

지금은 서기 2021년 속이고요, 여기는 지구 한 점

(點)입니다.

보고 계시겠지요.

꽤 애쓰며 잘 살아보려 합니다(만),
그리며 한들한들 흔들리는 코스모스 정원입니다.

마음

너른 성(城),

높은 담(壁),

깊은 샘(湖),

당신들에게도

나에게도

나무에 달려 일렁이는 많은 나뭇잎

고요할 때, 둥둥 뜨는 달 같은 얼굴

애련(愛戀)

산 너머 산 너머, 강 건너 강 건너, 잘 계시죠?
마음은 지척(咫尺)에 있습니다.

꼬박꼬박 쓰고 발긋발긋 피는 꽃비 날아.

당신은 아시나요?
얼굴 파묻고 울고 싶을 때
꽃다발 같은 말 맞으러 화들짝 달려 나오는 나를.

벗잎

그 사람은 그랬습니다. 그리고 참 많이도 울었습니다.

그 이후 어둠은 깊었습니다. 갔으나 가지 않았음이지요. 그를 덮고 있었을 지붕 구석에 남은 거미줄을 목이 빠지라 쓸어 내렸습니다. 정적(靜的)의 내밀(內密)에 무엇이 살고 있었단 말인가요.

그의 사랑은 섬세하고 청유(請誘)였고, 하얀 학(鶴) 같은 선비였고, 이상을 논하며 현실에 충실하고, 빼어난 비유(比喩)로 좌중에게 여유를 주었습니다. 곁은 둔탁하고 거칠고 삐죽삐죽한 바위였나 봅니다.

미약(微弱)하여, 아직도 겸손을 배우기보다 교만에 젖어들고 미움을 더 빨리 감지하곤 합니다. 메마르고 황량한 마음 밭입니다. 그해 그 찬란하던 개화의 봄날 다시 올까요.

하늘에서 그지 마라, 그지 마라, 애잔히 손사래 치겠지요.

나무 눈

겨울 초입(初入)에 모든 잎 내려놓듯 왜 하지 못했을까요.

한때는 흰 솜같이럼 꽃비였음에
한때는 그런 줄도 모르고 퍼렇던 산하(山河)에
한때는 허공에 내리면서도 오색(五色)이었음으로
그냥 그리 살면 될 줄 알았습니다.

부당한 취급을 당하면서도 우리 자신을 변호하고 싶은 생각을 억누르고 참아 넘긴 적이 있는지?

용서해 주는 것을 당연하게 여길 때에도 아무런 대가 없이, 용서해 준다는 말도 없이 용서해 준 적이 있는지?

순명을 하되, 필요하니까 또는 불순명을 싫어하기 때문에서가 아니라 오직 우리가 그분과 그분의 뜻이라고 부르는 신비롭고 형언할 수 없는 실재 때문에 순명을 한 적이 있는지?

남에게서 감사나 인정을 받거나 내적인 만족감조차도 느끼지 못한 채 어떤 희생을 해 본 일이 있는지?

완벽하게 혼자 있어 본 일이 있는지?

아무에게나 말하거나 해명할 수 없고 철저히 혼자서 결정을 해야 할 때, 그리고 이 결정이 그 누구도 개입하여 무효화시키지 못하고 자신이 평생에 걸쳐 실천하여야 하는 것일 때에 오직 내면에서 울려나오는 양심의 소리에 따라 결정을 내려 본 일이 있는지?

열정과 감정이 뒷받침되지 않을 때에, 그분과 자신이 하나라고 느껴지지 않을 때에, 자신의 내적 충동과 그분을 일체라고 느낄 수 없을 때에 그분을 사랑해 본 일이 있는지?

그리고 이 사랑 때문에 죽을 것 같을 때에, 이 사랑이 죽음처럼 느껴지고 절대적인 극기로 여겨질 때에, 마음 속에서는 깊은 허무의 심연으로 뛰어드는 듯한 절규가 들려올 때에도 그분을 사랑해 본 일이 있는지?

모든 것이 어릿광대짓으로 돌변할 것처럼 보일 때에 그분을 사랑해 본 일이 있는지?

우리에게 주어진 일을 하는데 자신을 깡그리 부정하고 죽이는 쓰라린 감정을 느낄 수밖에 없는 상황에서도, 또 아무도 고마워하지 않을 바보짓을 해야만 할 때에 이 일을 완수해 본 일이 있는지?

아무런 고마움이나 대가를 받지 못한 채, 더욱이 우리가 '사심 없이' 봉사한다는 만족감조차도 느낄 수 없는 경우에도 어떤 선행을 해 본 일이 있는지?*

가시나무 십자가(十字架)의 도저(到底)한 길에 필 꽃인 못,
그리스도의 잔을 들 듯.

---

* 칼 라너 SJ (정제천 SJ 옮김), 「은총의 체험에 대하여」, 발췌.

겨울 말미(末尾) 건너가는 사이

그리스도의 향기에 투신하는 꽃으로 그 꽃일랑 당신으로 존재하고 소멸하고 싶습니다.

새하얀 꽃

아름다운 시(詩)를 밟고, 수북한 책을 밟고, 뽀얀 시(時)를 밟고, 다정한 옆을 밟고, 하늘의 그늘을 밟고 오른,

결국 나를 밟고 오른
나 찾으려

나는 온데간데없고, 현재(現在)는 현재(顯在)를 볼 수 없음으로. 나는 나를 보려하지 말음으로, 돌아서다 둘러보다 가다 서다 기다리다, 벗(友)꽃.

꽃잎

아주 작고 작은 기다림이 큰 산이 되어 버렸어요. 거기 있던 당신들 보이지 않아요. 안팎이 훤히 보이는 유리 같았으면 좋겠습니다. 그런데 나만 보이는 거울 같습니다. 왜 그렇게 기다리게 하셨어요.

그때 농익어 터진 말에 '내가 되어 주던' 당신들의 눈물 같던 표정. 파랗게 생각나고 또 생각 나. 바늘 안으로 당신들을 넣으려 합니다. 실 되어 가늘게 부드럽게 맞춰 주십니다.

선물

동행,
두고두고 펼쳐보는, 인생의 꽃수(繡)

며칠 비바람이 부나요. 심중(心中)에 낙엽이 쌓입니다. 벌써 조락(凋落)의 문에 들어섰나요. 어찌할 수 없는 순리라, 조금씩 떠나보낼 때가 되었나 봅니다. 그렇다면 그래야지요. 세파(世波)는 우리에게 겸허를 가르쳐 주었고 열정은 우리에게 기쁨을 가져다주었고 인연은 우리에게 학(鶴)같은 기품(氣品)의 우정을 다스리게 하였습니다. 이제 우리 세월의 강을 걸어, 하얀 안개꽃 맞으며 눈(雪)같은 순백(純白)함으로 오는 겨울을 맞이해야겠지요. 떠날 수 없어 몇 번이나 서성이며 돌아보는 사람 여기에 있지요.

새같이 날아

●●●

그 마음에 들어가 보지 못했네. 밤이었으면 등불 하나 달아 주시라고, 헐벗은 나무였으면 나풀대는 새 앉혀 주시라고, 고독의 심연이었으면 하늘두레박 물질해 주시라고, 읍소(泣訴)했을 텐데. 이미 늦어버렸네. 모든 게 순간이네, 모든 게 허무네. 결벽으로 만치 성실하려 했던 것도, 파도치는 바다처럼 갈구했던 것도, 곧은 나무의 의지로 사랑하려 했던 것도, 모두 다 어디로 가버렸네. 산전수전(山戰水戰) 속에서도 밥 다음으로 파르르 떠는 꽃잎이 양심이라 하더니, 그래서 그 생(生) 그리 아프다 봄꽃 안으로 가 버렸나.

숨은 잎이 보이기도 하고. 새잎이 돋아나기도 하고.

비둘기들이 참 좋아졌어요. 풀밭에서 사이좋게 뭔가 주워 먹고, 전신주에 날아 앉아 내려다보고. 재네들도 생각을 할까... 서서 한참 보다 웃으며 와요.

하늘가

●●●

자연에 파문(波紋)이입니다.

이는 대로, 그저 그냥 있습니다.

참 귀 밝고 눈 맑습니다.

하나 우리는 의지(意志)로 가득합니다.

결국 당신에게로 닿게 하심을 깨쳐 갑니다.

비슷한 무늬의 하루들, 군데군데 작은 보푸라기들.

한 줄 한 줄 저 나름대로 하* 공들여 베틀에 짬에 여기저기 뒤틀린 듯 어찌할 바 몰라. 하나 가을 날 어느 지점 직조(織造) 펴 보니 아, 정말 당신이 그리셨군요.

---

* 하: (부사) 정도가 매우 심하거나 큼을 강조하여 이르는 말.

자주 나무에 앉는 사계(四季)가 됩니다

당신을 부르기만 하여도 길을 잃어버립니다.

이성(理性)적 투명은 뒤섞임, 그렇게 해야만 할 것 같은 돎. 당신이 놓으신 길로 들어섭니다.

마음의, 연인(戀人)

장미꽃 헤쳐 가는 참 고우면서도 참 매서운 길인 듯 합니다.

가시관 머리에 얹히진 당신만 할까요.

순명(順命)

●●●

동백꽃 스러질 때도,

다 뜻이 있으셨는지요.

겟세마니 동산에서 기도하실 때, “아버지, 제 뜻대로 하지 마시고 아버지 뜻대로 하십시오.”라고 했다지요.

3부

마음 풀밭 꽃밭 삶

마음 풀밭 꽃밭 삶 2

그분도 아파하신단다.
그분을 넘었을 때

그분은 아실까.
그분 때문에 너무 아픈 걸.

성당 지붕 위, 성당 안 벽
십자가(十字架)

그 십자가, 사랑하라.
망아지 맘, 병아리 머리, 풀잎 등, 가시 지게라 차마 이고지고 못 가는, 서로 사랑하라.

얘야, 여린 아이야
그래도 하려 하렴.
하여 보렴, 본디 지난(至難)함이야.

봄 안

봄비가 온다.

봄도 더 깨끗해지라고 내리시나.

봄에 보석처럼 박힌 꽃잎을 뚝뚝 떼시며, 봄의 얼굴을 씻기신다.

저 어두운 저 구석진 곳도 있다 하신다.

단풍

●●●

한 닢

밤. 먹이 찾아 산에서 내려온 고라니, 도로 위 자동차에 부딪혀 갔다. 거센 바람에 흠뻑 젖어 바들바들 떨고 있는 새들, "어떡해…"

두 닢

비가 하염없이 온다.
며칠 전 거북 등 같다며 울던 농부는 또 운다.

세 닢

눈 밟히는 소리, 길고양이 길강아지 밤 견디는 소리, 정 많은 사람들 뒤척이는 소리

바람(願*)이 왜 이렇게 무거울까.

---

* 願: 바람, 바라는 바, 소원.

일희일비(一喜一悲)

삶에 작은 꽃들 작은 가시들 어우러져 핍니다.

나인 듯 당신인 듯, 당신인 듯 나인 듯.

풀꽃

*

석양에 길섶에서 마냥 기다리다,

축 처진 어깨로 타박타박 걸어올 때 달려가 볼을 비비며 머리를 감싸고 등을 안아 도닥이며 귓속말,

존재해 줘서 살 수 있다고.

살게 함.

*

지구 한 편, “숨을 쉴 수 없다.” 8분 46초.

그 흑인 청년에게는 그리도 길었을 갈급했을 순간에, 그 경찰은 짓누르고 짓누른 악(惡)의 분출.

그렇게 한 송이 꽃 꺾듯, 목을 꺾어 버렸다.

또 희생된 어린 양 하나.

새 1

나는 강에 서 있는데
강물은 흐릅니다.

조약돌은 알 겁니다.
넘어지지 않으려 얼마나 애쓰는지.

물결은 알 겁니다.
얼마나 흐르고 싶어 하는지.

반달

어쩌다 박힌 눈에도 띄지 않는 가시 조각은 통증에 휩싸이게 합니다. 균열이 생기면 가느다란 틈으로 어둠이 들어와 온통 뒤덮어 버립니다. 마음은 지극히 여려 취약하지요. 그 누군가로 그 무엇이 꼭꼭 쌓인 퇴적층은 심해(深海)에 숨어 있다 풍랑 일면 얼굴을 드러내곤 합니다. 그 누군가가 나일 수 있음이 찰나 스칠 때, 회개의 단초(端初)가 되는 듯합니다. 역지사지(易地思之)의 반달이 나에게서 너를 너에게서 나를 비추지요. 이 길에 당신의 자비가 싹트면 얼마나 좋을까요. 영근 둥근 하얀 달 열리게 될 테니까요.

영혼의 집을 위하여

육(肉)에 질병이 잠입하여 인간 의지와 인내의 한계를 넘어 공격할 때, 기도할 수 있는 이 얼마나 될까.

마음은 몸을 견인(牽引)* 할 수 있는가. 어느 만큼 견인(堅忍)** 할 수 있을까.

주술같이 기도문을 읊조리는 것. 얼마나 간절하고 절박하던 때 그리하여 절절히 회개하던 때 아니던가.

촛불 밝히며 닿는, 근원인 당신으로 또 살아낼 숨을 얻습니다.

---

* 견인(牽引): 끌어당김.
** 견인(堅忍): 굳게 참고 견딤.

응시(凝視)

●●●

왜 좀이 잘도 스는지
현실의 따가움에 당위성(當爲性)을 주섬주섬 밀쳐 두고, 그늘 속으로 숨어들어간다.

땅에 드러누워 보니
저리도 푸릇푸릇한 잎들 사이 하얀 별이 쏟아진다. 그냥 그렇게들 있으면서 빛이 되는구나.

파릇파릇하기를

●●●

순교성지 고결한 선인(先人)위 푸르르 가는 새 종알 종알

기웃기웃 자박자박 나풀나풀
하염없이 한결같이
묵묵하고 되새기고
지향하며 절제하며
격렬하게 비통하게
절박함 무너짐 무력함
오롯 만남

사랑은 죽어 살아 사랑은

부끄러움 얼굴이 화끈거렸다.

산을 올라가는데 도처에 수풀, 강을 건너가는데 도

처에 소(沼)

연(戀)한 새 날았다 앉았다 끙끙 맴돌다 낮밤, 기도하는가, 짐 진 자(者) 모두를. 젊어지고 가는 어깨의 꿋꿋한 깨달음을, 가슴에 자라라 풀빛 다정함을.

새 2

●●●

말씀,
자라나나 봅니다.

길에서 몇 톨,
제게 당신은 올려다본 은하수(銀河水)

돌밭에서 몇 톨,
제게 당신은 환히 터지는 꽃 몽우리

가시덤불에서 몇 톨,
제게 당신은 살아나는 파랗게 좁은 문

좋은 땅에서 몇 톨,
당신 발치에 수줍게 드리는 '사랑 바구니'

화전(花煎)*

선하신 선생님, 영원한 생명을 얻으려면 어떻게 해야 합니까 묻는 청년에게, 가진 것을 다 팔아 가난한 이들에게 나누어 주어라.

고개 숙이며 처연히 돌아서는 나도 그 청년이어라.

잠시 들렀다 가는 이 생(生)에 뉘인 진달래꽃 한 잎. 성찬(盛饌)으로 훌훌 떠날 수 있겠으면.

* 화전(花煎): 진달래 따위 꽃잎을 부쳐 부친 꽃전.

반달손톱 위

●●●

*

짜그만한 봉선화(鳳仙花)

흐름 속에서, 크는 줄도 모르게 크고 비비는 줄도 모르게 비비고 엉키는 줄도 모르게 엉키고 찌르는 줄도 모르게 찌르고 기대는 줄도 모르게 기대고 안는 줄도 모르게 안고 있는 줄도 모르게 있고 없는 줄도 모르게 없고

자라 간다.

*

봉선화(鳳仙花), 숱한 노력

기다릴 대로 기다릴 때까지
맞이할 대로 맞이할 때까지
충실할 대로 충실할 때까지
치열할 대로 치열할 때까지
깊어질 대로 깊어질 때까지
무르익을 대로 무르익을 때까지

버무려질 대로 버무려질 때까지

잎사귀 가루백반과 안음 스밈 익음 흐름

희망

깡마른 겨울나무가
사느라 바쁜 나도 몰래

초록 잎을 휘감고
세상에 떡 버티고 서 있다.

어떤 순간에도 닫지 마십시오.
캄캄한 허공이 전부라도, 어딘가 빛이 있을 테니까요.

파랑새

말(言)밭에 핀 노란 복수초(福壽草) 송이,
귀에 와 닿습니다.
아픈 봄에 치유가 될까요. 제발 그랬으면.
가슴이 천 갈래 만 갈래 잔 나뭇가지 같아.

인고(忍苦) 속 만개(滿開)하는 봄이지요.
새처럼 날다가 여기에 앉네요, 아파트 숲 작은 방.
먼 곳 고갯짓하다 꿈도 선(善)도 여기서부터.

믿음

장맛비 세차게 내리더니, 은빛 여름비 보슬보슬 내립니다.

나무는 당신이 주시는 대로. 그 선율(旋律)에 사계(四季), 나무는.

파릇하게 맺힌 영안(靈眼)꽃망울 새하얀 눈 뜹니다.

그 길에

나는 나가 되게 하신다 하시어,

나 없애려 하여도 하도 안 돼 어찌나 깊은 시름에서, 이제 좀 바로 설 수 있을 것 같은 한 그루.

매 새롭게 너에게

비탈바위 틈

이래야 살아내는, 책임 의무 인내 수양 희망 들은 지속성과 지향성의 굳건한 심전(心田)에서 발현되는 것, 의지적 노력.

더불어 햇살이나 참새 박새나 나뭇잎 꽃잎이나 함박눈이었으면 싶어, 자연(自然)할 것 같아.

새순

거짓, 거짓, 거짓,

거짓에 뿌려대는 거짓

우리는 그런 사람들입니다.

절여지는 무처럼

비비어 가슴을 으깨고

딴딴히 온몸을 붙이고

참 엄마

근처 나무에 목련화 하얗습니다. 몇 걸음 더 가니 노란 산수유 점점(點點)이고요. 굽어드니 벚꽃 소담합니다. 아픈 지구나무에는 2m 띄엄띄엄 희끗희끗 마스크(mask) 쓴 사람들 백로(白鷺)처럼 앉아 있어야 합니다. 단풍이 질 즈음 시작되어 이듬해 단풍이 져 가는, 일 년이 되어 갑니다. 길가, 뭔가 달라져 갔습니다. 웃음이 없어져 버렸습니다. 말이 없어져 버렸습니다. 표정이 없어져 버렸습니다. 우리가 꿈꾼 것은 무엇일까요. 우리는 무엇을 꿈꿔야 할까요. 얘들은 우리에게 무슨 얘기를 하고 싶어 떠나지 않고 있을까요. 분명 옹알이 하고 있을 텐데요. 우리가 클 때 하는 옹알이, 이것은 참 엄마만 알아듣지요. 엄마, 우리 모두 엄마가 되어 보아요, 참 엄마. 이 동안, 우리가 그동안 아프게 한 지구는 좀 나아져 간다고 합니다. 지구도 인간도 치유(治癒)로 본디 지으심으로길, 기도합니다.

문제

●●●

1

'그냥저냥'
'그럭저럭'

유품(遺品)지갑 귀퉁이에 꼬깃꼬깃 접혀 꽂혀 있던, 메모.

여리고 곧았던 분

2

무의미가 쑥쑥 커 무성하게 밭을 덮어버리면
회의(懷疑)라는 벌레가 스멀스멀 구석을 갉아먹기 시작하면

3

있는 그대로 보란다. 고민이다.

더 고민이다. 당신의 눈으로 보아라하신다.

4

산이 높으면 그림자도 높아라.
산 그림자 안는 건 너른 강이어라.

5

“만날수록 좋은 사람이 되거라.”

얘들아, 미안

●●●

나무에 열매가 처음으로 주렁주렁 열렸을 때, 참 기뻤을 것 같아요.

농부가 오더니 열매를 다 담았습니다. 좋아하는 농부를 보고 나무도 좋았습니다.

다음 해, 다음 해, 다음 해... 나무는 점점...

얼마나 지쳐 갔을까요.

그러던 어느 날, 비바람이 심하게 불어대 열매가 뚝뚝 떨어졌습니다. 농부는 허둥지둥 뛰어다니며 어쩔 줄 몰라 했습니다.

나무는 울면서...

큰일

정말 꺾고 싶지 않은 꺾이고 싶지 않은 이토록 꼬인 자아(自我)의 뿌리는 퇴행한 아이의 떼씀처럼 씩씩거리며 울고 말았습니다.

하늘 속에 앉아 있는 저 비둘기는 모르겠지요.

소우주(小宇宙)인 인간으로 지으심으로, 탐험과 다스림과 회귀에 겸허를 가르치시느라, 온 생(生) 부대끼게 하시나요.

파릇파릇 대찬 풀이면 안 되겠는지요.

천사같은 새야

●●●

누런 호박 같은 생에, 날마다 날아와 빨간 석류알 몇 개 뽀삭거리듯 우지진다.

젖은 이 한낮을 그나마 견디게 하는구나.

꿈 포도밭*

오후 5시. 온종일 장터에서 초조하게 기다리는데, 끼니를 벌어가야 아이들이 굶지 않는데. 그때 오라고 합니다. 살 것 같습니다. 그리고 아침 9시, 정오 12시, 오후 3시. 각 차례에 뽑혀 일한 사람들과 똑같이 한 데나리온을 줍니다. 다른 곳은 이렇지 않은데, 더 많이 일한 사람은 더 많이 가지는 거라고 삿대질하고 아우성치는데, 이건 생각지도 못한 건데. 가슴이 먹먹합니다. 마냥 먼 곳 바라봅니다. 비쩍 말라 쓰러질 것 같고, 비영거려 삽질 제대로 못할 것 같고, 둔해 재빠르게 따지 못할 것 같아, 매 차례 낙오(落伍)에 채는 파삭한 생(生)도 뭉근히 안아주는군요.

* 한국천주교중앙협의회, 『성경』 「신약성경」 (마태 20, 1-16), 2005, 35~36쪽. '선한 포도밭 주인의 비유' 각색.

꿈

●●●

인간은 보석을 만들 때 다듬고 또 다듬고 또 다듬는다. 그 결과물인 보석은 무엇일까. 무엇 때문에 그 보석에 찬탄할까. 그 정련의 과정에 대하여 숙고해 본 적이 있나. 그 장인의 숨결을 기억해 본 적이 있나. 비쌈, 오직 그것 때문이라면. 희귀성, 그것 때문에 가치를 부여한다면. 광채, 그것 때문에 탐한다면. 그것은 욕망에 그칠 뿐.

인간이 하는 많은 것이 그렇지 않을까.

고목(古木)에 대하여 생각하게 되었다. 지극히 수동성이지만 대단하지 않는가. 주어지는 모든 것을 감내하여 왔음에. 인간은 그럴 수 있는가. 나는 그럴 수 있는가.

로키산맥의 해발 3,000미터 높이에 수목 한계선인 지대가 있다. 이 지대의 나무들은 너무나 매서운 바람 때문에 곧게 자라지 못하고 마치 사람이 무릎을 꿇고 있는 모습을 한 채 서 있단다. 눈보라가 얼마나 심한지

이 나무들은 생존을 위해 그야말로 무릎 꿇고 사는 삶을 배워야 하는 것이다. 그런데 세계적으로 가장 공명이 잘 되는 명품 바이올린은 이 '무릎 꿇은 나무'로 만든다고 한다. 어쩌면 우리 모두 온갖 매서운 바람과 눈보라 속에서 나름대로 거기에 순응하는 법을 배우며 제각기의 삶을 연주하고 있는지도 모른다.*

'무릎 꿇은 나무'는 극지의 지난함을 견뎌내야만 했을 상황에서 무엇을 느껴갔을까, 결과적으로 최고의 미(美)를 창출하게 됨은 그분의 섭리. 하여 개개의 존재는 내어줌이 본분이며 그 내어줌이 온전히 극한일 때 그분과 절정의 공명(共鳴)이 빚어지는 것일까.

이 경건히 아름다운 귀결로 예인(曳引)하는 '무릎 꿇은 나무'를 삶에 심고 여정에 동행(同行)하는 벗되어 살아가고 싶다.

하나 한기(寒氣)에 움츠리어 푸른 눈길은, 관념의 외피를 벗고 아픔의 속살에 닿으니…

---

* 장영희, 『무릎 꿇은 나무』, 예수회 후원회, 2011, p.81.

수(修)

●●●

*

매일 온종일 붙박이 가구처럼 좁디좁은 방에 붙어 앉아, 깨알 같이 박힌 글자 사납게 긁어모으는데. 그분 말씀은 밤 속, 저 별 저 달.

이 땅에 오셨다 가셨음에도 2000여 년의 시공(時空) 사이에서 복잡하고 난해하여 명쾌하게 풀 수 없는 무수한 질문을 마주하게 됩니다. 큰 범위의 물음은, 인류를 사랑하심에 어떻게 가히 그렇게 하셨는지요. 몇 명인 가족, 몇 분인 지인도 사랑 못해 쩔쩔매고 있는데 저는. 말씀 듣는 순간 흥(興)의 정적(靜寂). 성당 나서면 흩날립니다. 인생 세상 사람 속에서 허덕허덕합니다.

*

인생 자체가 인간의 계획대로 안 되는 것임이 자명하다는 것을 알면서 나름 애쓰며 삶에도, 그것들이 원의(願意)와 다른 모양일 때가 너무나 많음은.

세계, 타자, 자아. 이들과의 까슬까슬한 불화.

이기(利己)와 이타(利他), 사이 오가는 예민한 긴장(緊張).

모든 문제들이 뭔가 참 복잡하게 엉킨 실타래라 끄나풀들 어디서 찾고 각각 어떻게 감아내고 그것들 어떻게 어울리는 한 폭으로.

*

오늘도 해는 뉘엿뉘엿 발길은 무겁고 아린 마음. 그리스도는 진정 사랑임으로 그러한 고난을 겪고서 그리하여 영광 속으로 들어가는 것이 아니겠느냐 말간 속

삭임, 쌀을 씻듯 곱씹고 곱씹는 사이 흘러내립니다. 신부님 말씀, 가톨릭교회에서 가장 아름다운 것이 공동체(community)라. 안팎 퍼져 곳곳에 공동선(共同善) 열매 맺고자 사신 분들, 사시는 분들.

아침마다
오늘, 무엇을 알려 할 것인가?
오늘, 무엇을 하려 할 것인가?
오늘, 무엇을 바라려 할 것인가?

저녁이면 복기(復碁)*하듯 하루를 들여다보렵니다.

---

* 복기(復碁): (사람이 바둑을) 한 번 둔 경과를 검토하기 위해 처음부터 다시 그 순서대로 벌여 놓다.

베드로야, 너는 나를 사랑하느냐

●●●

겐네사렛 호숫가,

밤새 한 마리도 잡지 못했습니다.

깊은 데로 저어 나가 그물을 내리거라.

그물 찢어질 만큼 가득한 물고기

사람 낚는 어부가 되거라.

심연(深淵)에 닿아.

추모

봉숭아 저고리 치마 입으시고 목련 핀 듯 웃으시네.
그분 뵈러가는 길

우리는 슬프다가 참 다행이었네.

곳곳 순간순간 영정사진처럼
생(生), 화(花) 피우셨을 것이기에

눠어 가시고
성당에 남은 우리

천국문(天國門) 활짝 열려 있다는 사순시기,
이때

나는 다행이다가 참 슬펐네.

문 나가는 남으신 분들 뒷모습에 꽃샘추위 잔뜩 어찌 견디시나.

화심(花心)

●●●

겨울을 이기고 몸 부비며 태어나는, 홍조(紅潮)의 얼굴. 앞

우주의 질서를 나는 존중했던가.
미지(未知)의 긴 기다림에 나는 순응해 낼까.
꽃비 천지(天地)에 하얗게 울어대는 소멸의 순간 나도 그토록 의연할 수 있을까.

누군가의 심안에 무심히 뚝 떨어져 그가 되어 본 적이 있었나.

조우(遭遇)

새들만 날아다녔다.

군무(群舞)는 어디에서 어디로 가는 걸까. 저들은 무슨 생각을 할까. 출판사들 문턱에 놓일 내 삶의 언어는.

겨울 하늘

비움에 공명(共鳴)하는 코스모스(cosmos)*, 미세한 지점에서의 육중함 먹먹함 선율의 낯.

당신은 어떤 분이신지요?

* 코스모스(cosmos): 질서와 조화를 지니고 있는 우주나 세계.

고목

●●●

나는 새처럼 조잘거리는데, 엄마는 말이 없다.

왜 말이 없냐며 토라졌는데, 엄마가 시든 나뭇잎 같은 손으로 머리를 쓰다듬어 준다.

'구순 엄마'에 돋은 반달 같은 잎은

살며시 돌아누워

많이 울 것 같아 울어버렸습니다.

방울새

소슬한 바람이 불어와 어둠을 개키면, 삶이 무엇인지 모르겠습니다 어떻게 살아야 하는지 모르겠습니다.

'겨울같은 저 살아 있다는 것만으로?'

날아 앉은 나무에 나뭇잎 몇, 꽃 몇 송이, 조각 볕 먹었습니다.

오늘을 살게 하심에, 감사(感謝)의 인사. 하늘하늘합니다.

새벽 눈밭

●●●

어딘지 모르겠습니다.

두봉* 주교님이 전해주시는 '봉쇄수도원 카르투시오' 삶 면면은 천상(天上)

이리도 늦게 보다니요.

여하튼 군데군데 허구(fiction)를 창작하였을 우리 모두 이른 길, 그분 사랑, 인가.

안녕,

---

* 두봉 주교는 1929년 프랑스에서 출생. 1950년 파리외방전교회에 입회. 1953년 사제서품을 받은 후 1954년 선교사로 한국에 파견. 1969년 주교품을 받고 1990년까지 안동교구 초대 교구장을 역임했다. 퇴임 후에도 강론과 피정 지도를 통하여 그리스도인으로서 가장 멋진 삶을 살아가도록 도움을 주고자 한다.

인간의 마지막 남은 부분:
『마음 풀밭 꽃밭 삶』에 앉은 작은 모습으로 온 무한자

●●●

김상용(서강대학교 교수, 예수회 신부)

"시선(Gaze)은 한 인간의 마지막 남은 부분이다."
(발터 벤야민의 경구 中)

무엇을 '보는' 행위는 애초에 물리적인 시력을 통해 사물을 분간하고 식별하며, 그와 같이 반복되는 인간의 행위로 말미암아 마침내 그 '차이'를 감내하거나, 혹은 사물 자체에 스며있는 본질이라 부를 수 있는 궁극의 '보이지 않는' 영역으로까지 확장되어 나아가도록 인간을 추동하는 가장 강력한 인간의 감각기관이라고 할 수 있다. 이렇듯 인간의 시력이 간직한 본령은 '식별

(discernment)'에 있다고 할 수 있다. 무언가를 분별하여 명징하게 살피는 행위는 역설적으로 사물의 깊이 안으로 시선을 갖는 행위를 전제로 한다. 그리고 사물의 깊이로 시선을 두는 행위는 사실상 물리적 시력 자체만을 동원하는 것을 의미한다기보다 인간의 오감을 모두 사용하여 그 존재의 신비적 구성체까지 모두 소급하여 훤히 내다봄을 의미한다고 할 수 있겠다. 따라서 무엇을 보는 행위는 이제 더 이상 신체적 감관기관으로서의 시력만을 의미한다기보다 인간의 오감이 전인적으로 활용되어 사물의 깊이를 감상하기 위해 총체적인 감각으로 모아지는 것을 의미한다고도 할 수 있다. 이때 '듣는' 행위는 바로 주체가 피력하는 사물의 깊이를 분간하여 식별해 내는 '보는' 행위만큼 중요해지며 바로 이것이 오랜 수도생활의 가톨릭 영성가들이 표현하는 절대자로 표현되는 무한자를 향한 '순명'인 것이다.

동백꽃 스러질 때도,

다 뜻이 있으셨는지요.
겟세마니 동산에서 기도하실 때, "아버지, 제 뜻대로

하지 마시고 아버지 뜻대로 하십시오."라고 했다지요.

(「순명(順命)」 전문)

라틴어 어원에 '순명'은 '듣는다(obedire; to listen)'라는 의미를 그 기원으로 하고 있다. 이 말은 단순히 주의 집중을 생략한 일상적인 소음을 듣는 임의적인 인간의 행위와는 구별되는 고도의 집중이 요구되는, 따라서 그 소리의 진원지에서 더 이상 소리가 들리지 않을지라도 그 음파의 진원을 파악하고 동시에 그 소리의 의미를 온전히 깨닫기 위하여 내 안의 모든 소음들을 소거하는 지난한 과정이 전제되어야 함은 이루 설명할 필요가 없을 정도이다. 따라서 시인이 상기한 시 「순명(順命)」에서 바로 시인의 삶의 거룩한 습관이 감히 엿보인다. 시인은 간단없이 이 삶의 모든 의미가 주님이라 고백하는 절대자 하느님의 의지, 곧 '뜻'이 있었을 것이라고 확신한다. 그리고 이렇게 일갈한다.

다 뜻이 있으셨는지요.

이 확신은 평서형 문장이 아닌 것에 주목하여야 한다. 우리 모두가 삶의 역풍을 만나게 되었을 때, 혹은 삶의 견딜 수 없는 시련을 목도하게 되었을 때 도대체 나에게 왜 이런 고통과 시련이 도래해야 하는지를 아무도 설명해낼 수가 없을 때 존재의 밑바닥으로부터 던져지는 질문이 바로 이 질문이리라. 그러므로 이 시의 시작은 대단한 도발의 질문일 수 있다. 내가 믿고 따르는 무한자 하느님의 섭리라는 것이 자비의 뜻이라면, 어찌 나에게 이러실 수 있는지에 대한 질문일 수 있기 때문이다.

그러나 이어지는 겟세마니 동산에서의 성자의 기도를 듣는 시적 화자의 바로 그 '순명(말씀을 듣는)'의 기적적인 감각의 회복이 이어진다.

아버지, 제 뜻대로 하지 마시고 아버지 뜻대로 하십시오.

프랑스의 영성가이면서 저명한 신학자이기도한 모리스 젠델(Maurice Zundel) 신부의 『감탄과 가난』이라는 책에서 그는 삼위일체의 공동체적 신비를 아름다운 그의 문장으로 다음과 같이 나타낸 바 있다.

"무한자이신 하느님의 완전한 비움(kenosis)이 가난의 정점이며, 바로 이렇게 온전히 가난해지는 방식을 취함으로써 유한자인 인간의 강생이 이루어진 사건이 육화(incarnation)의 신비이다. 무한자 하느님이 나자렛 예수로의 강생은 조건 없는 완전한 가난의 신비이다. 동시에 성자 예수의 자의식, 곧 에고(Ego)로 표현될 수 있는 주체의 완전한 상실, 곧 완전한 가난으로 상징될 수 있는 자신의 비움(kenosis)이 온전히 다시 성자 스스로에게는 오로지 '아버지의 뜻'만이 충만하게 남는, 그래서 다시 성부로 복귀하는 위대한 전환이 이루어지는 공동체적 신비인 것이다."

따라서 시인이 들었던 '아버지의 뜻'을 갈구하는 성자의 기도는 바로 즉각 시인 자신의 기도로 전환된다. 삶의 고통과 시련을 이해할 수 없었던 이 지평에서의 이해가 새롭게 보게 되는 행위로 말미암은 주님 음성의 청취가 도저한 삶의 역경이 무례하게 삶을 압박하는 순간을 머리로서의 '이해'해서가 아니라, 마음으로 '받아들이는' 행위로서의 청취를 시인은 획득한 듯 보이는 시편이 여러 편 눈에 띄게 되는데, 이것은 바로 시인 스스로가 비움의 미학으로 발화될 수 있는 이른 바 영성의 깊이에서 길어 올린 시어들이었기 때문에 가능했을 것이라고 추측해본다.

왜 좀이 잘도 스는지
현실의 따가움에 당위성(當爲性)을 주섬주섬 밀쳐두고, 그늘 속으로 숨어들어간다.

땅에 드러누워 보니
저리도 푸릇푸릇한 잎들 사이 하얀 별이 쏟아진다.
그냥 그렇게들 있으면서 빛이 되는구나.

(「응시(凝視)」 전문)

앞서 언급한 무엇을 '보는' 행위를 영국의 미술 비평가이며 작가 자신이 저명한 화가이기도 했던 존 버거(John Berger)는 '번역(translation)'에 비유해 설명한 적이 있다. 이를테면, 우리가 사물의 형태를 번역하는 행위를 드로잉으로 비유할 수 있다면 회화에서 드로잉 미학은 사실을 있는 그대로 복사하듯 재현(representation)하는 행위를 그 아름다움의 제1원칙으로 삼지 아니한다. 왜냐하면, 사물의 배후에 놓여 있는 본질을 '보려고' 하는 행위에서 심미적 시선이 최상의 심급으로 등장하는 까닭이거니와, 바로 이와 같은 시선을 지니는 것이 시인의 숙명이기도 하고 바로 예술가의 본령이기 때문이다. 따라서 보는 그대로 보는 것이 아닌 형태로 본다는 것의 본말은 바로 앞서 설명한 대로 인간의 모든 감각기관을 함께 동원해 절대자로 끝끝내 고백하는 시적 화자의 무한자가 초대하는 사물의 배후에 깃든 궁극적 사랑의 힘에 복종하도록 부르시는 감미로운 힘에 대한 열린 태도일 것이다. 시인은 땅에 드러눕는다. 이 행위는 겸손한 시적 자아의 태도를 견실하게 보여주고 있다. 흙에서 온 존재의 흙과의 지평을 포개는 행위로서의 땅에 눕는 행위는 절대자 앞에 낮추는 이의 지극한 겸손을 의미해준다. 그리고 드디어 이 겸손과 가난의 경지에서 응시한 시선 아래에 거둬지는 신비는 바로 '하얀 별'로 상징되는 은총(Grace)이라고 할 수 있다. 우리 존재가 스스로 유력해지기 위하여 무얼 해서가 아니라, 그냥 그렇게들 있으면서 빛이 되는 공덕을 무상으로 곧 은총으로 받은 존재가 인간이며 신앙이라는 고백을 시인은 나직이 그리고 지극히 겸손한 태도로 고백하기에 이른 것이다.

깡마른 겨울나무가
사느라 바쁜 나도 몰래

초록 잎을 휘감고
세상에 떡 버티고 서 있다.

어떤 순간에도 닫지 마십시오,
캄캄한 허공이 전부라도, 어딘가 빛이 있을 테니까요.

(「희망」 전문)

가톨릭 영성의 중요한 한 축을 형성하는 것은 희망의 성사(Sacrament of Hope)이다. 교의신학에 이 희망의 성사는 놀랍게도 생략되어 있지만, 가톨릭 영성을 사는 근원적 이유는 바로 도래할 '희망'에 있다. 이 희망은 어떠한 순간에도 닫히지 않는 영원한 개방의 문에 비유될 수 있다. 시인은 바로 이 점을 간파하기라도 한 듯이 아래와 같이 노래한다.

어떤 순간에도 닫지 마십시오.

어떤 순간에도 앞서 설명한 새롭게 도래하는 희망을 '보려는' 시선을 닫지 않는 태도로서 시인은 이미 희망을 새롭게 정의내리고 있는 셈이다. 대부분 우리네 삶이 앞이 보이지 않고 캄캄한 허공이 전부라고 여겨질 때에도 시인은 강력하게 요청한다. 이 요청은 무한자 하느님에게 향하는 동시에 시적 화자인 자기 자신에게도 행하는 거룩한 선언이기도 하다.

어딘가 빛이 있을 테니까요.

시인이 고백한 '어딘가'를 찾는(seeking) 행위가 바로 신앙이다. 전임 교황이신 베네딕토 16세 교황은 자신의 저서에서 신앙(Faith)이라는 정의를 다음과 같이 내린 적이 있다.

"신앙은 절대적으로 어떤 것이 지속해서 자아의 가장 중심으로 모이는 힘이며, 이 힘은 거부할 수 없는 희망과 연루되어 있습니다."

시인은 바로 이 절대적으로 자아의 중심으로 향하는 힘을 발견한 듯싶다. 그 힘은 바로 거부할 수 없는 희망과 연루되어 있는데 지속적이며 또 절대적으로 시인 자신뿐만이 아니라, 인류 전체를 구원으로 이끌 강력하고도 자비로운 힘의 근원을 역설적으로 매우 가난하고 비움의 미학 가운데 길어 올리는 정수로 표현하고 있고, 이것을 필자는 인간의 마지막 남은 부분, 곧 시선으로 정의내리고 싶으며, 이 시선은 시인에게 곧 사랑의 시선임을 이 시집 전체를 통하여 발견하게 되었다. 이 발견은 시인이 노래하듯 오랜 기다림 끝에 시인의 마음 안에 앉은 작은 새와도 같은 무한자의 '말씀'을 듣는 행위로부터 주어졌음을 감사하게 여기며 이 기다림이 이 시를 읽을 독자 모두에게 기도하는 시로 읽혀지기를 고대한다.

아주 작고 작은 기다림이 큰 산이 되어 버렸어요.
거기 있던 당신들 보이지 않아요. 안팎이 훤히 보이는
유리 같았으면 좋겠습니다. 그런데 나만 보이는 거울
같습니다. 왜 그렇게 기다리게 하셨어요.

(「꽃잎」 부분)